U0106293

不用着急！

保持好心情！

相信自己！

團結就是力量！

給你一張笑臉！

常記好人好事。

辦法總比困難多。

我欣賞你！

說出你的感受吧！

擁抱你！

珍惜你！

給你嚇哈！

迪士尼
生命教育故事集
3

新雅文化事業有限公司
www.sunya.com.hk

迪士尼生命教育故事集 3

作　　者：Suzanne Francis, Heather Knowles
繪　　圖：Disney Storybook Art Team
翻　　譯：劉慧燕
責任編輯：胡頌茵
美術設計：郭中文
出　　版：新雅文化事業有限公司
　　　　　香港英皇道 499 號北角工業大廈 18 樓
　　　　　電話：(852) 2138 7998
　　　　　傳真：(852) 2597 4003
　　　　　網址：http://www.sunya.com.hk
　　　　　電郵：marketing@sunya.com.hk
發　　行：香港聯合書刊物流有限公司
　　　　　香港荃灣德士古道 220-248 號荃灣工業中心 16 樓
　　　　　電話：(852) 2150 2100
　　　　　傳真：(852) 2407 3062
　　　　　電郵：info@suplogistics.com.hk
印　　刷：中華商務聯合印刷（廣東）有限公司
　　　　　廣東省深圳市龍崗區平湖街鵝公嶺春湖工業區 10 幢
版　　次：二〇二四年三月初版

版權所有 • 不准翻印

"Panda Up!" by Suzanne Francis. Copyright © 2022 Disney Enterprises, Inc.
"The Riley and Bing Bong Band" by Suzanne Francis. Copyright © 2016 Disney Enterprises, Inc.
"Anna and Elsa's Hygge Life A Comfy, Cozy Story" by Heather Knowles. Copyright © 2021 Disney Enterprises, Inc.
All stories are illustrated by Disney Storybook Art Team.

ISBN: 978-962-08-8320-0
© 2024 Disney
© 2024 Disney/Pixar
All right reserved.
Published by Sun Ya Publications (HK) Ltd.
18/F, North Point Industrial Building, 499 King's Road, Hong Kong
Published in Hong Kong SAR, China
Printed in China

小熊貓出動！

主動關懷別人，守望相助

　　李美蓮、阿 Mi、佩瑩和阿爆的心情極度興奮，她們一衝出學校大門便忍不住載歌載舞。因為還有幾個小時，她們便可以在演唱會上見到最喜歡的樂隊 4-Town，還可以在後台與他們打成一片！不過，還有一件事阻礙她們……

　　「我要打掃我家的祠堂。」美美說。

　　「你媽媽現在還要你負責這些例行工作嗎？」阿 Mi 不解地問，「美美，我以為你們的關係已經不一樣了。」

　「是我自願的，阿 Mi。把祠堂打掃乾淨，代表會得到祖先更大的庇佑。有了他們的加持，我們一定會度過一生難忘的晚上！」美美信心滿滿地說。

　　阿 Mi、佩瑩和阿爆考慮半晌後⋯⋯

　　「好吧，你成功說服了我們，」阿 Mi 說，**「我們可以怎樣幫你？」**

　　「真的嗎？你們是最好的！」美美興奮地說道，「來吧，我們一起走！」

　　她們很快就來到了李氏宗祠，準備開始打掃。「清潔工作當然需要些背景音樂！」阿爆一邊調校着音響，一邊喃喃自語。

　　美美向大家講解她們的工作，然後指着身旁的一個架子。「你們不用在意那邊的灰塵，」她緊張地說，「那些是我祖先的護身符，大家最好不要靠近。」她揮了揮手，說：「你好，最偉大的小熊貓魂魄——我的祖宗！」

　　「哦！」佩瑩和阿 Mi 看着那些護身符答應道。

正忙着選曲的阿爆卻完全沒注意美美的提醒，她終於選好了一首 4-Town 的歌曲，還把音響的音量調大。

隨着音樂響起，朋友們邊唱邊跳，完成除塵、拖地和打掃。

當她們快要清潔好祠堂時，阿爆留意到那個放着護身符的架子。「啊！太髒了！」她一邊喊，一邊動手清理，厚厚的灰塵揚起，引得她鼻子發癢，她忍不住打起噴嚏，「阿阿——阿阿——」

阿 Mi 和佩瑩馬上撲向阿爆，試圖阻止一場災難發生，可是……

「嚏！」阿爆一個巨大的噴嚏把架上的護身符打落了！

阿 Mi 和佩瑩想把它們接住，可惜為時已晚。

護身符掉在地上，跌碎了！女孩們倒抽了一口氣，震驚地看着三隻小熊貓魂魄盤旋升上半空。

三個魂魄飄向女孩們。第一個發現了阿 Mi⋯⋯

噗！

第二個找到了

佩瑩⋯⋯

噗！

第三個找到了阿爆……

「天啊！你們看起來好極了！」美美說。她太興奮了，「噗」的一聲便也變身成了小熊貓！

「怎麼會這樣的？」阿 Mi 一臉震驚地問。

「我猜小熊貓的魂魄有機會附在它附近的人身上。」美美解釋說，「你們究竟誰是誰啊？」

「我們先來個**大擁抱吧！**」阿爆用雙臂環抱她的好友們說。

經過一輪毛茸茸的擁抱後，美美決定給她的好友們一些提醒。「若你們想變回人形，便需要學會如何**冷靜下來。放鬆……**」

阿爆卻打斷了她的話：「不要！我不會壓抑我體內的小熊貓魂魄！我要讓它咆哮！」阿Mi和佩瑩齊聲和應。

「難道我們就不能留住它們一晚嗎？」阿Mi問。

「以小熊貓的身分去聽演唱會，真是太勁爆了！」佩瑩說。

「好吧，」美美說，「但如果我們要這樣做，就要好好地做。你知道我們是誰嗎？」

「『小熊貓戰隊——多倫多的最強守護者』！我們剛剛清掃了宗祠，現在我們要清掃這個城市！」美美大聲說。

「吼──！」阿爆一邊大喊，一邊揮舞着她的毛毛爪。

「壞蛋，通通走開！」佩瑩和應道。

「打擊罪行，積累更多福報！女孩們，小熊貓出動！」阿 Mi 叫道。

「小熊貓出動！」她們擺出超級英雄的姿勢，大聲喊道。四個好朋友昂首闊步一起向熱鬧的城市走去，準備大顯身手。

沒多久，阿 Mi 就發現有人需要幫助。

「嗚嗚，我的小貓！」一個小女孩指着牆頂喊道。

「不用怕，我來幫你。」阿 Mi 說。

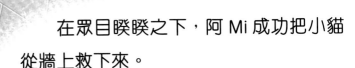

在眾目睽睽之下，阿 Mi 成功把小貓從牆上救下來。

「哇哇哇……太可愛了！」當小貓在阿 Mi 手爪裏喵喵叫時，小熊貓們忍不住說道。

接着，她們繼續前進，快到黛絲便利店時，卻聽到店員迪雲大喊：「小偷，站住！」

「這次交給我！」阿爆說着，便快如閃電地行動。她撲向小偷，一下子便將他壓在地上。

迪雲一臉敬畏地看着阿爆，說：「哇，**謝謝你**，毛茸茸的超級英雄！」

阿爆臉頰發燙，靦腆地咧嘴笑了。她傻笑着應道：「不用客氣！」

　　當走到體育館的半路上時，她們發現一羣 4-Town 歌迷正垂頭喪氣地站在巴士站，原來他們所坐的巴士輪胎漏氣，在馬路上停駛。

　　「我們來不及去看演唱會了！」他們嗚咽着說。

　　佩瑩馬上走上前對他們說：「**不用擔心，我來帶你們去。**」她指了指自己的後背，喊道：「**跳上來吧！**」

佩瑩背着 4-Town 歌迷去演唱會時，美美、阿 Mi 和阿爆與她並肩奔跑，很快就來到體育館的後台。

　　她們被一名保安員攔截了，美美馬上出示她們的貴賓通行證，並說：「我們是非常重要的小熊貓貴賓。請讓我們全部進去吧！」

　　保安員頓時不知所措，幸好當看到 4-Town 的成員向她們揮手，保安員就放她們進去了。

當她們進入後台區域時，阿 Mi 非常雀躍。

「我們不是在做夢吧？」佩瑩難以置信地問。

阿爆打了佩瑩的手臂一下，她痛得叫出聲來。「我們不是在做夢！」阿爆笑着說，「這一切都是真的！」

樂隊成員歡迎四隻小熊貓和其他 4-Town 歌迷一起來到休息室，派對開始了！

阿爆差點把太陽撲倒。她緊擠着他，去拿薯片吃。

「4-Town 萬歲！」佩瑩一邊說，一邊和傑斯自拍。

路比亞播起了音樂，阿 Mi 和美美跟着他們一起跳舞唱歌。

表演時間到了，她們坐在最前排，和其他觀眾一起歡呼：「4-Town！4-Town！4-Town！」

4-Town 樂隊開始演唱，空氣中瀰漫着無與倫比的音樂。

小熊貓們真希望這個夜晚永遠不會結束。

24

　　當 4-Town 表演完最後一首歌，小熊貓戰隊向他們道別後便回家去，她們興奮得如在夢中。

　　「這是我們這輩子最難忘的一晚！」阿爆說。

　　大家異口同聲和議。

　　沒過多久，阿 Mi、佩瑩和阿爆便開始擔心起她們究竟還要當多久小熊貓。

　　「難道要等到紅月出現才能釋放這些小熊貓魂魄？」佩瑩問。

　　美美想了想，說：「我們去問問我的祖宗新怡吧。」

　　她們回到祠堂，一起圍坐在院子裏。美美請新怡引導小熊貓魂魄回到祖先身邊。

噗！突然，小熊貓的魂魄離開了阿 Mi、佩瑩和阿爆的身體。它們在半空中只盤旋了片刻，就「咻」的一聲飛向了月亮！

女孩們微笑着目送小熊貓魂魄消失在夜色中，祈願有一天她們四隻小熊貓能再次一起出動。

玩轉腦朋友

韋莉與乒乓大樂隊

發揮無限想像,積極樂觀

韋莉和她幻想中的朋友乒乓喜歡一起**創作音樂**。他們一玩便是好幾個小時。

　　韋莉擅長演奏多種樂器，而乒乓吹奏鼻子的技巧更是無人能及。

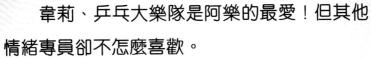
韋莉、乒乓大樂隊是阿樂的最愛！但其他情緒專員卻不怎麼喜歡。

阿燥覺得他們的音樂太吵耳，他總是搞着耳朵。

阿驚總是膽顫心驚地緊盯着各種樂器，生怕韋莉一不小心，就可能被鼓棍戳到眼睛或者把卡祖笛整枝吞下！

阿愁理所當然地只喜歡充滿黑暗和悲傷的小和弦。

阿憎光是瞄到乒乓玩鼻子的樣子就感到不爽。

一天，韋莉和乒乓在演奏完新的歌曲後，便小休片刻。

「我們應該去巡迴表演！」韋莉忽然提議道。

「好主意！那麼我們應該去哪兒？」乒乓問。

「澳洲怎麼樣？」韋莉說，「我們可以為袋鼠演奏啊！」

「但是我們要怎麼去那裏呢？」乒乓疑惑地問。

「可以坐我們的火箭啊！」韋莉答。

「太好了！」阿樂歡呼，
「有一場新的冒險！」

「澳洲離這裏很遠，」
阿愁說，「我們會思鄉的。」

阿驚收集了有關澳洲的資料，
說：「樹熊、小袋鼠⋯⋯巨蜥！看
看牠們那些爪子！鴨嘴獸是什麼？
牠的腳有毒！」

「啊！腳有毒？我沒辦
法⋯⋯這我真的受不了。」
阿憎說。

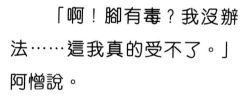

當阿燥看到袋鼠打拳
的照片時，頓時兩眼放
光。「他們真的會打拳
嗎？我喜歡呀！」

「我們要去澳洲。」韋莉向爸爸媽媽宣布。

「好，晚上回來吃晚餐吧。」媽媽說，「我正在煮我最拿手的薯蓉。」

「別忘了明尼蘇達州和澳洲之間隔着一片大海啊！」爸爸提醒說。

韋莉對乒乓低聲說：「我們最好帶上救生圈。」

「這不是一片大海，這是一片無敵大海洋！」當阿驚和其他情緒專員一起看着地圖時，不禁尖叫起來。

「**太厲害了！**」阿樂興奮得唱起歌來。

「耶，真是太好了。鹹鹹的空氣，濕漉漉……」阿憎翻了個白眼說，「頭髮一定又鬆又亂。」

「唉，」阿愁歎了口氣，「如果我們在外面迷路了怎麼辦？」

「那我們可以去當**海盜**！」阿燥說道。

韋莉和乒乓收拾好了他們需要的一切。

「這將是一次長途旅行。」乒乓說。

「我們最好多帶些零食。」韋莉說。

然後他們爬上火箭，準備升空。

韋莉扭頭問乒乓：「好的，副機長。準備好檢查所有系統了嗎？」

「已檢查，」乒乓指着控制器的不同裝置朗聲報告，「已檢查，已檢查，全部已檢查！」

「**啟動火箭推進器！**」韋莉發號司令。

「任務控制中心，所有系統已經啟動！」乒乓說。

韋莉和乒乓開始倒數計時。

「十、九、八、七、六、五、四、

三、二、一……發射！」

可是，火箭一動不動，韋莉和乒乓很疑惑。

「對了！」韋莉**靈光一閃**，說，「火箭沒有燃料怎能飛起來！」

韋莉和乒乓默契十足地對望而笑。

他們再次準備起飛。這一次，他們真的準備好了。

韋莉和乒乓唱起他們那首**特別的歌**。

「**邊個鍾意通處玩？**」

火箭乒乒乓乓地和應，然後它發出轟隆隆的聲音，咆哮着穿過窗戶飛了出去！

44

當火箭一飛沖天時，
阿樂跟着他們唱起歌來。
　　阿愁目送着明尼蘇達
州消失在遠方。

「再見了，我們的家。」
她依依不捨地道別。

「我想吐……」阿驚緊張
地抓住紙袋說。

阿憎則皺起了鼻子嫌棄道：「你要
吐，走遠一點，不要靠近我。」

「我們還沒到嗎？」阿燥心急地問。

當韋莉和乒乓翱翔在海洋上空時，他們看到了鯊魚、海龜、海象和企鵝。到目前為止，這是他們經歷過**最好**的旅程！

　　他們興奮地討論起在澳洲將看到的一切事物。

　　「爸爸說樹熊吃尤加利葉，你覺得那些樹葉是不是都油膩膩的？」韋莉說。

突然，乒乓發現他們的火箭越來越接近水面。「我們要着陸了嗎？」他問。

當火箭墜向廣闊的藍色海洋時，韋莉和乒乓一起尖叫！

韋莉迅速抓起對講機求救：「任務控制中心，我們遇到了麻煩！」

「沒救了！」阿驚高呼道，把頭藏進紙袋裏。

「我早就知道會這樣。」阿愁悲觀地說。

「要燃料啊！」阿樂說，「我們太興奮了，忘記了唱歌！」她馬上插上一個**創意燈泡**。

「我們要唱歌呀！」韋莉喊道。

「我好害怕！我不記得歌詞了！」乒乓慌張地說。

「唱歌呀！快唱歌呀！」阿燥催促道。

「唱吧，不然我們聞起來就要像海草般腥臭了！」阿憎大喊。

　　正當火箭發出劈哩啪啦聲之際，韋莉大聲唱歌，乒乓馬上加入她。他們倆唱得比以往任何時候都更快、更大聲。

　　「邊個鍾意通處玩？乒乓！乒乓！每分每刻都作反！乒乓！乒乓！」

　　終於，火箭掠過海面，然後及時爬升！火箭騰空而起時，韋莉和乒乓正一刻不停地唱着歌。

很快，他們就看到陸地了。「是澳洲啊！」韋莉大喊。

情緒專員們全都歡呼起來。

「我們成功了？」阿驚難以置信地問。

澳洲的各種動物帶着燦爛的笑容歡迎韋莉和乒乓。

「朋友們，為我們表演一下吧。」一隻樹熊提議。

韋莉和乒乓施展渾身解數，演奏了他們
所有的歌曲，觀眾聽得欣喜若狂。

　　突然，空氣中飄來了一
股熟悉的氣味。

　　「是媽媽最拿手的薯
蓉，」韋莉低聲對乒乓說，
「是時候回家了。」

　　他們演奏完最後一曲，
便告別了新朋友，飛回明尼
蘇達州。

「回家真好。」阿愁說。

「我真希望頭髮沒有被頭盔壓扁。」阿憎說。

「你知道為什麼我總是說人們把頭髮看得太重要嗎？」阿燥說。

「對啊，**回家真好，但旅行也好極啊！**」阿樂說。

「我不敢苟同，」阿驚說，「我喜歡留在美好的明尼蘇達州，韋莉不要再出門了。」

「所以……澳洲之旅好玩嗎?」
爸爸問。

「好極了!」韋莉說,「明天
我們要去另一次旅行——去南極為
企鵝們表演。」

「太好了!」阿樂興奮喊道。

「不要呀!」阿驚尖叫着暈倒在地上。

魔雪奇緣 FROZEN

安娜和愛莎的幸福生活

懷有感恩的心，感受幸福

雪寶每周都會去一趟圖書館。像往常一樣,他歸還讀過的書後,第一件事就是四處向大家**打招呼**。

「午安，圖書們！今天我該讀你們中的哪一本呢？」雪寶抬頭仰望着高高的書架說。

小雪人雪寶爬到高高的地方，翻閱每一本書。「這本我讀過……這本也讀過……這本也讀過，等等……這是什麼？」雪寶抓起一本有藍色封面的書。他不太清楚「Hygge」這書名的意思，但這看起來和他很喜歡的一個單字很相近，「難道這本書是關於『Hug』擁抱的嗎？」

他把書拿到他最喜歡的角落閱讀。正當他翻開第一頁，還來不及讀起來時，圖書館管理員奧德華卻通知他圖書館要關門了。

於是，雪寶借走了一疊新書便回家去。他迫不及待想要開始閱讀那本關於「擁抱」的書。他一邊走進城堡的庭院，一邊把書打開。

「『Hygge 會讓人感到温暖安心。它可以是
你與家人和朋友共享，或是由你自己體驗。』」他讀着書
上的內容。

「我們怎樣給自己溫暖的擁抱呢？」雪寶疑惑地自言自語，突然他靈機一動，大喊：「我可以去問問安娜和愛莎！」

　　那天晚上，雪寶與他的朋友們說起他的書。「這是一本關於『擁抱』的書！看！它的封面寫着的，不過我猜可能有人把解作擁抱的『Hug』拼錯了。」

　　愛莎笑了笑，解釋道：「雪寶，這書名的意思不是『擁抱』。『Hygge』解作幸福，就是當你做某些事情時，你內心會有**溫暖和滿足的感覺**。不過，有些人的確認為『Hygge』這個詞語來源於『Hug』。」

　　「你說『阿福』？誰是阿福啊？」雪寶一臉迷茫地問。

　　「是幸──福──」安娜慢慢地說，「每當我在多天穿上毛茸茸的大襪子時，我都會感到很**幸福**。」

「當我為身邊的人送上他們喜歡的東西時，總會帶給我幸福的感覺。」克斯托夫說，「就像前幾天我給安娜買了一盒巧克力。」

　　愛莎聽到後，睜大了眼睛。「巧克力還有剩嗎？」她緊張地低聲問妹妹。

　　「可能吧。」安娜俏皮地吐了吐舌頭答道。

「知道克斯托夫買巧克力給我是因為愛我，所以時常把我掛在心上，這讓我感到非常幸福。即使我吃多了，胃部有點不舒服，但我還是整天都**樂滋滋**的，感到**心滿意足**。」安娜甜笑着說。

「我最早的幸福記憶就是
與父母共度的時光。」

「我喜歡聆聽爸媽的故事，他們也喜歡聽我們的故事。」安娜接着說，「我們**一家人相聚的快樂時光**讓我們感到很幸福。」

「**聽媽媽唱歌**總是讓我感到溫暖和滿足。」
愛莎說，「直到今天，每當我披上媽媽的披肩或是唱
起她唱過的歌，都會喚起從前那種幸福的感覺。」

「**唱歌**也是帶給我幸福感覺的其中一種方式。」克斯托夫說，「在認識你們之前，斯特和我常常在穀倉裏一起唱歌。那乾草的氣味、馴鹿嚼蘿蔔的嘎吱聲和牠們的掛鈴發出的叮噹聲，都讓我感到**身心舒暢**。」

「我也很喜歡和你的小矮人家族一起唱歌。」安娜說，「從我第一次見到他們的那一刻起，彼此便毫無隔膜，讓我感到很**自在**。和他們相處總是讓我感覺很幸福。」

「當我見到他們時，我也感到**安心**和**雀躍**。」雪寶說，「我只是不知道這些感覺原來有一個如此特別的名字。」

　　雪寶繼續思考**幸福的例子**，他還記得
第一次見到斯特的情景。

　　「當斯特試着**親吻**我的鼻子時，我開心得忍不住咯咯地笑。」雪寶說。

　　「這就是幸福！」克斯托夫興奮地說。

　　「當雪怪擁抱我時，帶給我的幸福感覺最強烈。你覺得這就是我如此喜歡**溫暖擁抱**的原因嗎？」雪寶問。

　　「這很合理啊！」安娜說。

「對了，我還喜歡和我的弟弟們**相處**，
無論他們是醒着還是睡着的時候。」雪寶說，
「這也是幸福，對吧？」

「沒錯！」愛莎回應道，「就像我喜歡和你們所有人待在一起。無論我們是在城堡裏的篝火前，還是在森林裏的星空下，甚至當我們無所事事的時候，我都很喜歡。」

「我們一起**玩遊戲**和**吃零食**，共度無數
幸福時刻。」

「當你為家人**畫畫**時，也會有幸福的感覺嗎？」

「當然！」安娜爽快地回答。

「在圖書館裏給孩子**講故事**呢？那一定也很幸福吧！」雪寶想了想說。

「蛋糕、野餐、
蠟燭、蜂蜜、鮮花和
熱巧克力也可以帶來
幸福感覺嗎？」雪寶
緊接着問。

「對我來說可以啊！」愛莎笑着說。

「我也是！」安娜和議。

「我一直很喜歡夏天，」雪寶說，「但現在有一樣東西我更喜歡！」

「讓我猜一下，」安娜說，「難道是……」

　　「幸福！」大伙兒齊聲大喊。

　　「對我來說，幸福就是與你們所有人──我最好的朋友、我的家人相聚！」雪寶甜絲絲地說。